Der nächste Mond wird anders sein

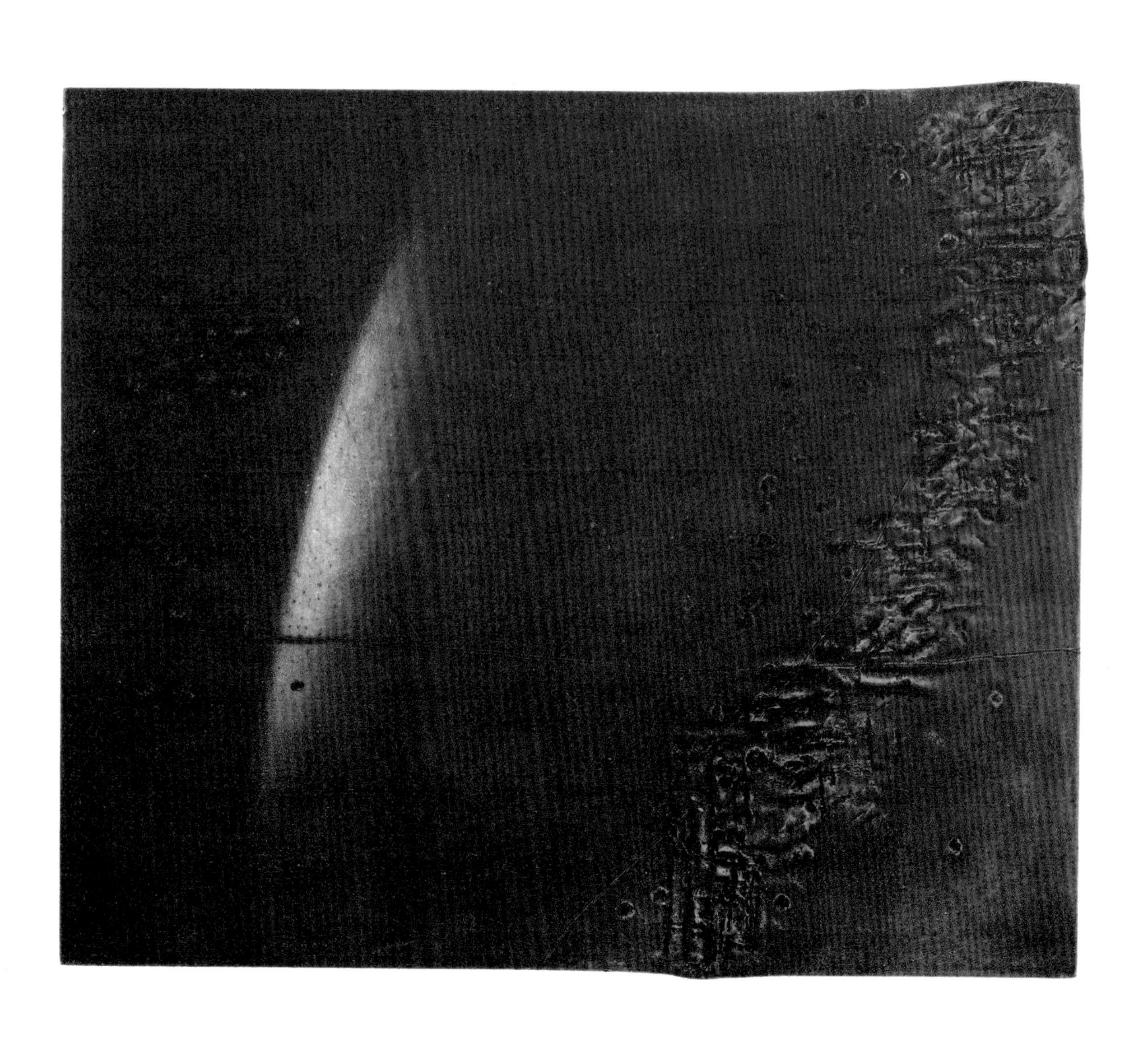

Platon

Reinhard Furrer

Der nächste Mond wird anders sein

Brigitte Eckel

Belser Presse

Vorwort – Aufbruch in den Weltraum

Es kommt darauf an, von welchem Standpunkt aus man etwas sieht: 350 Kilometer ist als Entfernung relativ kurz, 350 Kilometer Höhe dagegen ist viel. Doch selbst von so weit herab, krümmt sich die Erde immer noch erst langsam zum Planeten, auch wenn man ihre Kontinente schon mit einem einzigen Blick übersieht.

Das wird anders, wenn man sich beim Hinaussehen aus dem Raumschiff vor dem Fenster nicht mehr dreht, wenn man die Erde endlich dort läßt, wo sie ist, mal oben, mal rechts oder auch mal links; wenn man schließlich aufhört zu glauben, sie müsse immer unten sein. Dann zählen auch Kilometer nicht mehr, sondern nur noch die Tatsache, daß man nicht länger zu ihr gehört.

Im Weltall zu sein, hat mit der Tatsache zu tun, daß man etwas machen muß, um wieder zurückzukommen. Passierte etwas, man bliebe draußen und käme nie mehr zurück.

Vor der Erde hat man einen anderen Blick. Da man den Weltraum nicht fotografieren kann, hat ihn keiner von uns zuvor gesehen. Und daß die Stimmen im Kopfhörer zu dem blauen Planeten gehören, an dem man gerade vorbeizieht, ist etwas, was man allenfalls weiß. Doch die Erde, von der ich gekommen bin, könnte sonst überall auch sein.

Ich hätte mir gewünscht, man hätte mich nach meiner Rückkehr öfter gefragt, wie es dort draußen sei. Wie ich mit der funkelnden Schwärze der Welt fertig geworden wäre und wie damit, daß ich ein Stern war, der um unseren Erdball zog. Aber statt dessen schien wichtiger zu sein zu beantworten, ob ich Angst gehabt hätte und was meine Meinung zu SDI sei. Nicht, daß wir alle nicht darauf geantwortet hätten, und auch nicht, daß es nicht wichtig gewesen wäre, das zu tun. Und ich gebe zu, man hat uns auch Wissenschaftliches gefragt, denn schließlich haben wir in der Schwerelosigkeit experimentiert. Aber was ist aus unserer Neugierde geworden, um derentwillen wir Menschen einst über Meere gefahren sind, und um derentwillen wir uns sogar eigene Flügel erfunden und in den Himmel gesehen haben?

Mit neuem Wissen müssen wir vorsichtig umgehen. Zugegebenermaßen reicht unsere Sorgfalt manchmal nicht ganz aus. Aber warum dann strengen wir uns nicht mehr an?

Es ist aber völlig falsch, statt dessen lieber nicht mehr in die Sterne zu sehn. Wer das verlangte, gäbe uns Menschen auf.

Als ich zurück war, hat mich Brigitte Eckel befragt. Nicht nach meiner Angst und nicht nach SDI. Sie wollte wissen, wie es vor der Erde ist.

Reinhard Furrer

Phaidon – Platon

Hauptgespräch

Kapitel 58

Die Erde hat viele wunderbare Reiche, und sie selbst ist weder an Größe noch an Beschaffenheit so, wie von denen angenommen wird, die über die Erde zu reden pflegen.

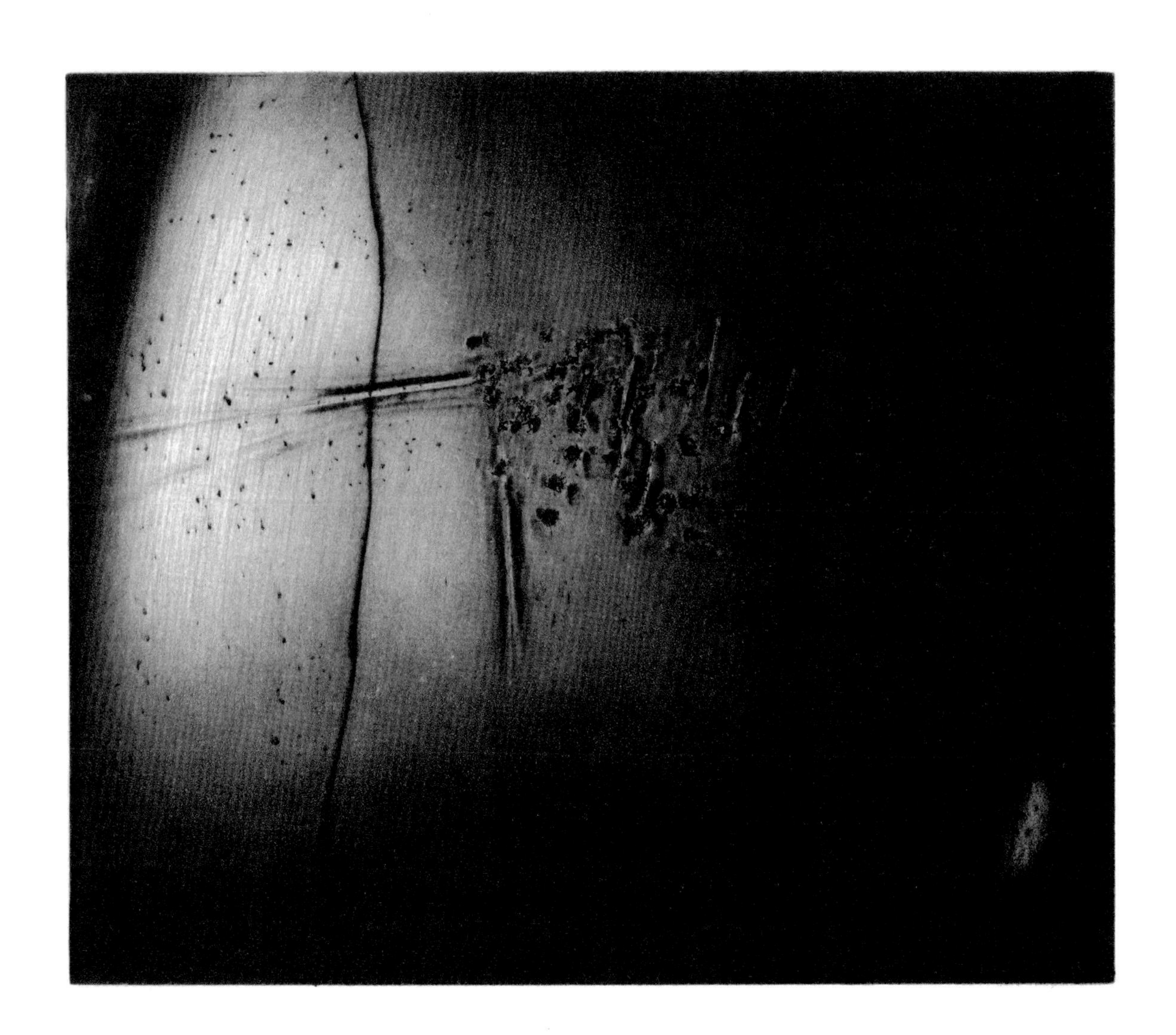

Phaidon – Platon

Hauptgespräch

Kapitel 58

Vor allem braucht die Erde, wenn sie als runder Körper in der Welt ist, weder Luft, um nicht zu fallen, noch irgendeinen anderen Druck der Art, sondern um sie zu halten, genügt die allseitige Gleichheit des Himmels mit sich selbst und das Gleichgewicht der Erde selbst. Denn ein im Gleichgewicht befindliches Ding, in die Mitte eines Gleichartigen gesetzt, wird keinen Grund haben, sich irgendwohin mehr oder weniger zu neigen. Zuerst nun bin ich davon überzeugt.

Phaidon – Platon

Hauptgespräch

Kapitel 58

Ferner davon, daß die Erde sehr groß ist und daß wir nur auf einem sehr kleinen Teile und, wie Ameisen und Frösche um einen Sumpf, um das Meer herum wohnen, daß viele andere aber anderwärts an vielen solchen Orten leben. Denn überall um die Erde herum gibt es viele Vertiefungen, mannigfach verschieden nach Gestalt und Größe, in denen Wasser, Nebel und Luft sich gesammelt haben, die eigentliche Erde aber liegt rein im reinen Himmelsraum, wo sich auch die Sterne befinden, und den die meisten, die über dergleichen zu reden pflegen, Äther nennen. Der Niederschlag dieses Äthers ist eben das, was immer in den Vertiefungen der Erde zusammenfließt. Wir nun merken es gar nicht, daß wir nur in diesen Vertiefungen der Erde wohnen, und wir glauben, oben auf der Erde zu wohnen, geradeso, wie wenn jemand mitten auf dem Grunde des Meeres wohnte und glaubte, oben auf dem Meere zu wohnen, und weil er durch das Wasser hindurch die Sonne und die anderen Sterne sähe, das Meer für den Himmel hielte, infolge seiner Schwerfälligkeit aber und Schwäche niemals an die Oberfläche des Meeres gekommen noch aus dem Meere aufgetaucht und hervorgekrochen wäre, um zu schauen, wieviel reiner und schöner diese Region hier ist als die bei ihm, noch auch von einem anderen, der sie gesehen, dies gehört hatte. Geradeso ergeht es auch uns. Wir wohnen nur in irgendeiner Vertiefung der Erde und glauben, oben auf ihr zu wohnen und nennen die Luft Himmel, als ob diese der Himmel sei, durch den die Sterne wandeln.

Phaidon – Platon

Hauptgespräch

Kapitel 58

Aus Schwäche und Schwerfälligkeit vermögen wir nicht bis an die äußersten Grenzen der Luft durchzudringen. Wenn nämlich jemand bis zu den obersten Teilen der Luft gelangte oder Flügel bekäme und hinaufflöge, so würde er dann dort hervortauchen, und wie hier die Fische, wenn sie einmal aus dem Meere auftauchen, sehen, was hier ist, so würde dann jener auch das Dortige sehen und, wenn seine Natur im Betrachten auszuhalten vermöchte, erkennen, daß dies der wahre Himmel ist und das wahre Licht und die wahre Erde. Denn die Erde hier bei uns und die Steine und die ganze Region hienieden ist verwittert und zerfressen wie alles im Meere Befindliche vom Salzwasser, und es wächst im Meere nichts der Rede Wertes, noch gibt es irgend etwas Vollkommenes darin, sondern nur Klüfte, Sand und unendlichen Morast und Schlamm, wo auch immer noch Erde ist, und nichts, was irgendwo mit den Herrlichkeiten hier verglichen werden könnte.

Phaidon – Platon

Hauptgespräch

Kapitel 59

Man sagt zunächst, die eigentliche Erde sehe, von oben her betrachtet, aus, wie die zwölfteiligen ledernen Bälle, im Schmucke bunter Farben, von denen unsere Farben hier gleichsam Proben sind, d. h. alle die, deren sich die Maler bedienen. Dort aber bestehe die ganze Erde aus solchen und noch weit glänzenderen und reineren als diese. Denn der eine Teil der Erde sei purpurrot und wunderbar schön, der andere goldfarbig und ein anderer weiß, heller schimmernd als Gips oder Schnee, und so sei die übrige Erde aus den anderen und noch mehr und schöneren Farben, als wir sie hier gesehen haben, zusammengefügt. Denn selbst diese Vertiefungen der Erde, die mit Wasser und Luft angefüllt sind, bildeten eine Art von Farbe, die in der Vermischung aller anderen Farben glänze, so daß die Erde ganz und gar als ein ununterbrochenes Bunt erscheine. Auf dieser so beschaffenen Erde wüchsen nun die entsprechenden

Gewächse, Bäume, Blumen und Früchte. Ebenso hätten auch die Gebirge und Steine nach demselben Verhältnis eine größere Glätte und Durchsichtigkeit und schönere Farben; von ihnen seien auch unsere so sehr gesuchten Edelsteine Teilchen, wie z. B. die Karneole, Jaspisse, Smaragde und alle anderen der Art. Dort aber seien schlechterdings alle so und noch schöner als die bei uns. Der Grund davon sei, daß jene Steine rein seien und nicht angefressen oder verwittert wie die hiesigen von Fäulnis und Schärfe alles dessen, was hier zusammenfließt und bei allen Gewächsen und Tieren Entstellungen und Krankheiten verursacht. Die eigentliche Erde also sei mit alledem geschmückt und außerdem noch mit Gold und Silber und mit dem übrigen der Art. Dies trete dort schimmernd hervor und sei in gewaltiger Masse und Größe und überall auf der Erde vorhanden, so daß ihr Anblick ein beseligendes Schauspiel sei. Tiere aber gebe es auf ihr vielerlei andere und auch Menschen, die teils mitten im Lande wohnen, teils so um die Luft herum wie wir um das Meer herum, teils auch auf luftumflossenen Inseln um das feste Land her. Und mit einem Worte, was uns Wasser und Meer für unsere Bedürfnisse sei, das sei jenen dort die Luft, und was uns die Luft, das jenen der Äther. Das Klima ferner sei dort so günstig, daß die Leute frei von Krankheit seien und weit länger lebten als hier und daß sie an Schärfe des Gesichts, Gehörs, Geruchs und was sonst dahin gehört, in demselben Maße sich unterschieden wie hinsichtlich der Reinheit die Luft vom Wasser und der Äther von der Luft. Ferner hätten die Menschen dort Tempel und heilige Haine für die Götter, in denen diese auch wirklich wohnten, und es gebe Stimmen, Weissagungen und Erscheinungen der Götter und mehr dergleichen Verkehr mit ihnen; und Sonne, Mond und Sterne sähen die Menschen dort in ihrer wahren Gestalt und dem entspreche auch ihre übrige Glückseligkeit.

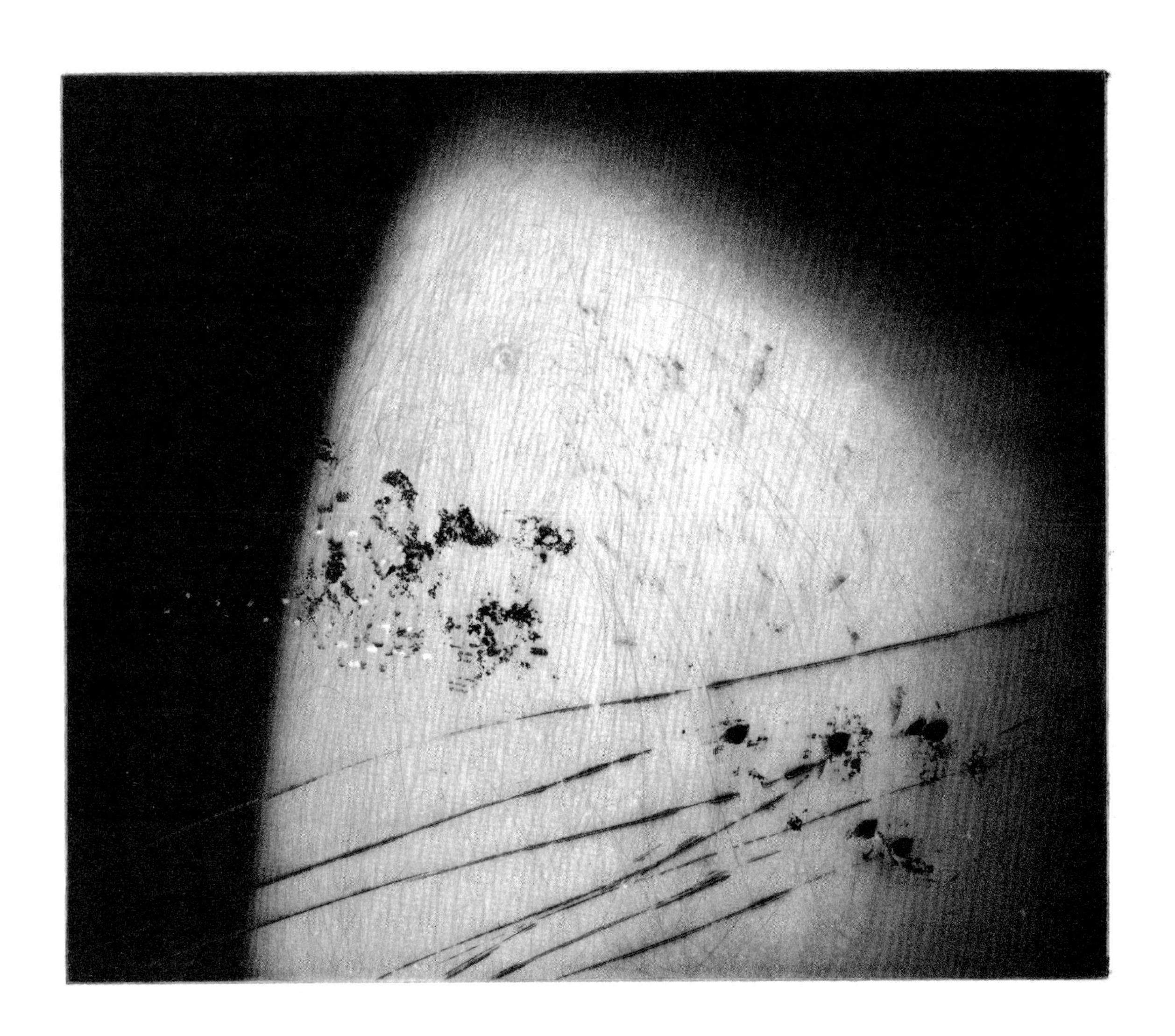

Reinhard Furrer

Aufzeichnungen eines Wissenschaftsastronauten

Der nächste Mond wird anders sein

Seit Tagen entziehe ich mich, wo immer es nur geht, dem starren Stundenplan.

Viel lieber fliege ich in meinem kleinen Flugzeug die Wolken entlang, zum Vollmond aufs Meer. Jetzt ist er hell und rund, doch schneidet bereits jede Nacht Scheibe um Scheibe von seinem Licht ab. Wenn der Mond das nächste Mal völlig zurückgekommen sein wird und die Erde erneut in sein Licht hüllt, wird sein Scheinen für mich nur noch vierzig Minuten lang dauern. Dafür aber kann ich ihn mir holen, wann immer ich es will. Ich kann einhundertelf Vollmonde hintereinander betrachten. Seinen Schein werde ich noch in der Schwärze des Weltalls finden können und sein geborgtes Licht aufspüren. Er wird etwas sein, an dem ich mich in meinen außerirdischen Tagen festhalten kann, wenn ich in meinem Labor, vor der Tür zu unserem Planeten, alles neu erlernen muß.

Die Milchstraße ist über mir – wie sie wohl dort draußen aussieht? Ich präge sie mir lieber noch einmal ein, damit ich sie nicht versäume.

Die Raupe

Noch vierzehn Tage, und ich warte immer noch, daß sich etwas in mir verändert.

Eben war ich beim „crawler". Manchmal sagt das englische Wort wirklich, was es meint. Der Crawler ist eine riesige Maschine, die sich vorwärts crawlt. Eine Raupe – ich weiß nicht, wie viele Tonnen schwer. Der Crawler ist mehr Schiff als Raupe, in ihm laufen Dieselmotoren laut, seine Gänge sind mit Türen verbarrikadiert, Treppen führen auf die verschiedenen Decks. Das Shuttle steht auf dem Crawler angeflanscht und wird zur Startrampe gebracht, mit einer Geschwindigkeit von einer Meile pro Stunde.

Acht Stunden später steckt die Raupe fest. Unsere Rakete ist fertig für die Sterne und steht nun hilflos da. Nichts geht mehr, wenn die Raupe nicht richtig raupt.

Die Birkentapete

Crew Quarters vor dem Start. Astronauten werden von Astronauten betreut. Man wird umsorgt vor dem Schuß ins All. Im Aufenthalts-raum an der Wand hängt eine Tapete, ein Birkenwald, durch den das Sonnenlicht fällt. Abschied von der Erde – oder Erinnerung an sie?

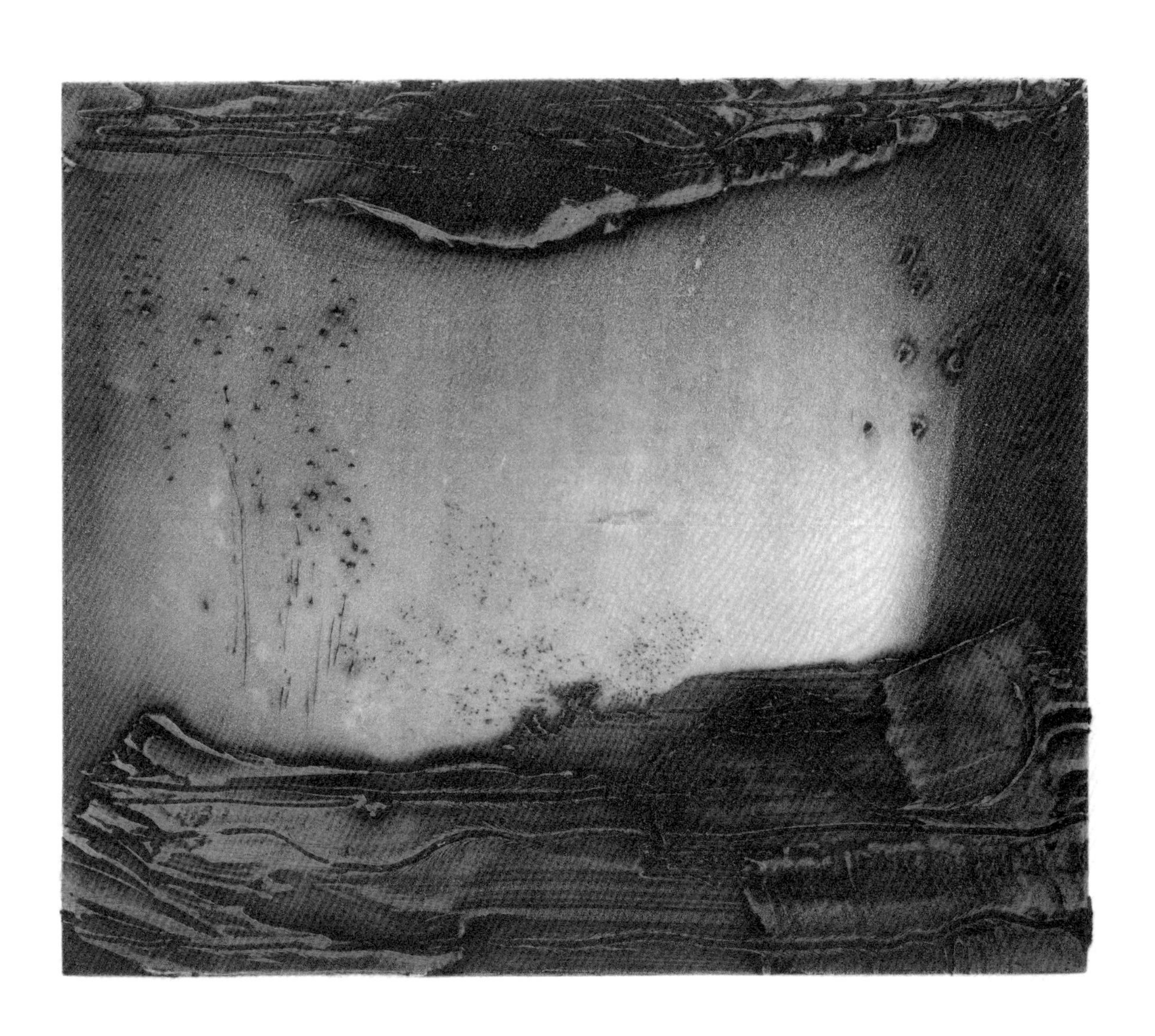

Protokoll für einen Stern

L-1 heißt in der Sprache der Raumfahrt – noch einen Tag bis zum Start. Wo bisher der Kalender galt, fängt jetzt die L-Zeit an. Bei L-1 ändert sich etwas: Wo bisher ein gedrängter Stundenplan Minuten zuteilte, sorgt sich von jetzt an eine kleine Schar von Leuten um meine Zeit. Sie wimmeln Telefongespräche ab und sind für mich da, damit meine Psyche mit dem Unterschied zwischen den gespielten Starts und dem richtigen fertig wird. Ab jetzt ist auch meine Seele Teil des Programms: Daß ich morgen die Erde verlassen will, berührt nun auch mich.

L-0, seit fünfzehn Minuten ist Mitternacht vorbei. Meine Augen haben jetzt geschlossen zu sein, jedenfalls hat das irgendwer für mich so geplant. Um 7:40 h ist Aufstehen, um 8:50 h ziehe ich mich an für das All. Um 9:10 h fährt uns der Astro-Van zur Rakete. 9:45 h ist Einstieg. Zweieinviertel Stunden später wird uns flüssiger

Wasser- und Sauerstoff zu den Sternen hinauftragen. Zwölf Uhr, „high noon", „blast off".

Es ist jetzt 10:30 h. Den Unterschied zum Sonst macht meine Einsamkeit. Außer uns acht blaugekleideten Astronauten ist kaum noch jemand da. Lediglich ein paar weiße Anzüge kümmern sich noch um uns. In anderthalb Stunden wird der Tank gezündet. Noch steigen Dampfwolken aus seiner Spitze, das Raumschiff steht senkrecht da und ist fertig zum Schuß. Riesige Vögel nutzen das Alleinsein und fliegen um uns herum. Ein Schiff liegt draußen einsam im Meer, und ein Hubschrauber umfliegt uns sorgevoll. Lautes Zischen ist von dort hörbar, wo der Wasserstoff zweihundert Grad Temperaturdifferenz ausgleichen will. Die Tankleitungen sind mit Eis überzogen, und von tief unten weisen Flammenabweis-bahnen zu uns herauf.

Weiße Reiher segeln würdevoll vorbei.

Alles scheint „ready to go" – nun gut – dann eben auch ich.

11:00 h, ich liege auf meinem Sitz, vorne ist oben, und hinten zeigt hinab. Zu den Sternen geht es im Liegen. Der Griff an der Tür dreht sich nach rechts, die Luke ist zu. Ein vertrautes Gesicht sieht zu uns herein. Ein Daumen streckt sich nach oben, wohin wir wollen.

Start minus 30 Minuten, „the bird is alive", das Raumschiff lebt. Er wird auf eigene Energie umgestellt und wird autonom. Im Flight-deck beginnt hektische Aktivität. Nun ist es schon ein bißchen an uns, daß wir von hier wegkommen. Wir sind abgenabelt und werden selbständig, denn dort, wo wir hingehen, hilft uns keiner mehr. Wenn wir erst einmal weg von der Erde sind, reicht niemand mehr zu uns hinaus.

In zwei Minuten startet der letzte Zehnminuten-Count. Gleich machen wir uns auf. Steve sagt, ein Vogel fliege über uns hinweg. Zehn Minuten vor dem Zünden der Motoren hat er ihn noch gesehen.

Der letzte Mann draußen fährt die Brücke weg, dann steigt auch er in sein Auto und verschwindet. „We, the crew, are on our own."

5:48 Minuten, und die Vibrationen fangen an.

2:40 Minuten, „gimble check", wir prüfen, ob sich die Triebwerke schwenken lassen. O. K., niemand sagt „halt", und ich höre mein eigenes Atmen in meinem Ohr.

Noch 35 Sekunden „to go".

In 27 Sekunden sind wir weg.

Der „gimble" kommt, „engines start, go!"

Es geht hinaus, senkrecht in den Himmel. 162 knots, durch das Fenster sehe ich die Erde. 1:29 Minuten in der Luft, noch ist der Himmel blau. Der „ride" wird ruhig, Überschall. Plötzlich sind unsere Raketen weg, sie fallen ins Meer. Um uns herum wird es schwarz, wir versuchen, von der Erde zu gehen.

„Negativ return", ab jetzt geht es nicht mehr zurück. Sechseinhalb Minuten im Orbit, die Maschinen sind so leise, weil ihr Schall nicht mehr nachkommt. 2,5 g, der Schuß in den Weltraum ist schwer, man merkt die Schwerkraft. „MECO", „main engines cut off", wir sind draußen. Ich weiß nicht mehr, wo oben und unten ist, zentnerschwere Sitze treiben an mir vorbei, wir gehören nicht mehr zur Erde.

MET 0 h 18 m, die Maschinen sind abgestellt, „severe pitch down". MET 1 h 45 m, „in space". Mein Gesicht ist aufgedunsen. Ein Lichtstreifen zieht von rechts nach links vorbei. Blau, mit einem weißen Saum – Türkis vielleicht, nein – auch Farben muß ich hier anders sehen. Ich bin im All.

Meine Hände gehören nicht länger zu mir. Wenn ich mich loslasse, bleibt alles so, wie es war. Daß die Arme die meinen sind, muß ich erst nachsehen. Ich bin jemand, der sich selbst nicht mehr fühlt. Was ist es, das mich noch ausmacht? Übrig bleibt, daß ich denken und daß ich sehen kann. Alles andere bin nicht mehr ich. Leben, das nur noch aus Denken und Sehen besteht.

Die Erde ist noch dort, wo ich herkomme. Sie ist sehr schön, ohne daß ich sagen könnte, warum. Ein Planet, eingesponnen in Blau und Weiß, und doch ist er mir schon fremd. Ich weiß, daß die Stimmen in meinem Kopfhörer von ihm kommen, und doch ergibt das für mich kaum noch einen Sinn. Sie sind nicht stark genug, mich festzuhalten. Ich spüre nirgendwo Gewicht, und nichts mehr erfordert

Kraft. Nur durch mein Wissen reiche ich noch nach Hause. Mein Orbit verkommt zu einer Zahl auf einem Stück Papier, meine Geschwindigkeit mißt sich nur noch an dem Bild, das sich vor mir dreht. Meine Sterne haben nichts mehr mit dem Himmel gemein. Sie gehen hinter einem Planeten auf, und ich fliege an ihnen vorbei. Manchmal verlassen sie ihren Platz und fallen dort. Dann erschöpft sich ihr Leuchten, und ich sehe ihnen hinterher. Eigentlich möchte ich nur zu ihnen hinaus. Den letzten Rest meiner irdischen Welt würde ich allzugern abstreifen. Was ich von meiner Erde mitgebracht habe, ist sinnlos. Mein Fühlen braucht kein Raumschiff. Meine Welt verwandelt sich zu Lichtpunkten in einem leeren Raum. Erdentage sind nur noch eine geometrische Konstellation. Zeit hat keinen Inhalt mehr. Menschen werden zu Stimmen im Ohr, und der Mond wird zu einem Licht, das hinter der Erde verlischt. Mein Bewußtsein, die Erde zu umkreisen, verliert sich; mein Dahintreiben könnte mit mir fortgehen, wohin immer es nur will; mein Schlaf dient nur noch dazu, daß ich beim Aufwachen nicht weiß, wo ich eingeschlafen bin; meine Welt hat nichts mehr mit der Erdenwelt zu tun.

Sterne, die gefroren sind

Wassertropfen ziehen hinter uns her. Als sie aus Sauer- und Wasserstoff entstanden, befreiten sie ihre Energie, die uns hier draußen überleben läßt. Nun sind sie wertlos für uns, und auf ihrem Weg ins All verwandeln sie sich in gefrorene Kristalle und ziehen hinter uns her. Ihr kleines Funkeln sieht wie das große der Sterne aus.
Der Unterschied zwischen unendlichen Welten und Wasserperlen verwischt. Nicht einmal die Durchschnittlichkeit von irdischem Eis gibt es hier oben noch für uns.

Symptome

Ich spüre, daß ich einen Magen habe, und bewege mich kaum. Ich ziehe meinen Kopf auf die Schultern, meine Nackenmuskeln sind angespannt. Mit geschlossenen Augen wird es besser.

Die Erde ist bei uns. San Francisco Bay. Atemberaubend ist unsere Geschwindigkeit. Berge, in Schnee gehüllt; gleißend weiß auch das Spacelab. Dahinter ist Schwarz – Weltraumschwarz.

Ich habe das Gefühl, ich stehe auf dem Kopf. Eiskristalle ziehen uns nach, wie kleine, torkelnde Sterne. Sie sind so schön, wie die großen. Es gibt keinen Unterschied zwischen einem Planeten und einem kleinen Stückchen gefrorenem Wasser.

Es macht keinen Sinn mehr, in Erdentagen zu leben. Denn die Tage, an die ich gewöhnt bin, gehen mit der Sonne auf und verschwinden mit ihr.

Auch rechts und links, oben und unten ergeben keinen Sinn.

Richtung wird relativ. Ich merke, daß beim oben und unten die Mehrzahl gewinnt. Wann immer ich die Augen öffne, sehe ich jemanden, der mit den Beinen nach oben steht. Aber wenn ich nach dem Schlafen die Augen aufmache, bestimme ich die Situation.

Die Erde kommt jetzt mit ihren Wüsten durch mein Fenster. Daß es dort kein Wasser gibt, zählt hier nicht. Wasser ist nur noch wichtig, damit sich darin die Sonne spiegeln kann. Die Erde ist so rund, daß ich mich nicht an ihr festhalten kann.

Glitte ich an ihr vorbei, ich würde nichts dagegen tun.

Tag – Nacht ist ein Streifen, der durch das Weltall zieht. Tag – Nacht wird zu Farben: Zu Schwarz, zu Blau und zu Rot. Tag und Nacht werden zu Augenblicken. Ich sehe links den Tag und rechts die Nacht. Nacht wird es, wenn das Blau verliert. Ein Erdentag verkommt zum Augenblick.

Nordlicht und Südlicht gehören zur Nacht. Nachts fallen Vorhänge aus Licht. Es scheint, als hielte sich die dunkle Erde daran fest.

Plötzlich fällt Licht zur Erde und läßt einen Kreis entstehen. Wo es den Planeten trifft, erweckt es blauen Widerschein. Die Erde umhüllt sich mit einem schimmernden Saum. Ein Tag geht auf, wenn dieser Saum in das Dunkel des Weltalls kriecht. Danach erscheint eine neue Sonne an meinem Horizont.

Der dritte Flugtag: Schweben – das ist nichts mehr, was mich überrascht. Alles ist weich. Ich treibe in meinem Schlafsack, und durch die Kopfhörer hole ich mir für mein außerirdisches Leben Musik an mein Ohr.

Erdnacht über Australien

Auf der Erde dreht sich Australien vorbei. Es ist Nacht, und Städte bewegen sich dahin. Gewitterwolken leuchten über ihnen auf. Es ist so, als glaubte die Erde, sie müsse etwas gegen meinen Himmel setzen. Sie flackert ihr Leben zu mir ins All. Käme wer von draußen, er könnte sehen, wie lebendig Leben ist.

Das Südlicht zieht unter mir herauf. Lichtvorhänge fallen hinab. Der Erdenhimmel wird ganz warm und weich. Hochenergieteilchen aus dem Weltall glühen unter mir. Hinter meinen Fenstern entsteht Licht aus einer anderen Welt. In der Kabine ist es dunkel, und ich habe mich so gedreht, daß der Weltraum unter mir ist und die Erde über mir hängt. So treibe ich durch dieses Meer von geborgtem Licht. Die Erde hat einen Rand, durch den die Sterne meiner Welt leuchten. Ich habe das Gefühl, nicht mehr zu ihr zu gehören.

Meist drehe ich mich vor meiner Scheibe so, daß die Erde kugelig nach unten gebogen ist, so wie sie bei mir Vertrautheit schafft – doch langsam wird es mir auch schon egal, wenn sie über mir hängt.

Das Südlicht ist ruhig, auch wenn es seine Schleier ändert. Es saugt sich an der Erde und an den Sternen fest. Die Erde reicht mit ihm bis zu mir ins All. Es ist Licht, das uns jetzt zusammenhält.

Zwei Meteoriten fallen zur Erde hin. Es ist das erste Mal in meinem Leben, daß Meteoriten nicht über mir sind.

Australien, neunzig Minuten später, und wieder fängt die Erde an zu glühen. Wieder reichen grüne Streifen fast bis zu mir.

Am Fuß des Südlichts erscheint ein Stern.

Er sieht wie Nebel aus, wie ein Nebel aus Licht.

Und dann entsteht mit einem dünnen Saum aus diesem grünen Licht ein neuer Tag. Ein Erdentag, der aus dem Südlicht kommt. Zu allem Überfluß schmückt er sich jetzt noch mit Kugeln aus farbigem Schein. Leuchtende Elektronen und Protonen, die sich in seinem Saum drängen, machen für mich hier draußen diesen Tag der Erde schön.

Die Sterne der Erde

Irgendwo steht ein Mond. Er wird zur Hälfte vom schwarzen Himmel verwischt. Die dunkle Erde schwappt über ihren Rand – und dann vergeht sie einfach so – ein zarter Lichtstreifen im All. Ich weiß nicht, woher der Mond gekommen ist. In drei, vier Minuten hat er die Erde eingeholt. Was mir danach noch bleibt, ist sein verwischter, blasser Streifen im Raum.

Und ganz plötzlich ist die Sonne da – für die Erde bin ich jetzt ein funkelnder Stern.

Der Streifen Erde wird jetzt blau, darüber und darunter bleibt er schwarz. Das eine Schwarz ist das All, das andere Schwarz ist sie. Plötzlich zündet die Erde für mich ihre Lichter an. Dreihundert Kilometer über mir blitzt sie mit ihren Wolken. Nachts sind immer und überall Gewitter.

Ich sehe keinen Stern, der funkeln kann. Die Sterne sind hier draußen ruhig und still. Nichts ist zwischen mir und ihrem Licht – keine Atmosphäre, die sie flackern macht. Mein Himmel ist gesprenkelt von ihrem ruhigen Licht. Seine Sternbilder ziehen auf und wieder fort.

Das Weltall scheint mit seinen Sternen, und die Erde in meinem Rücken funkelt zurück.

Die Milchstraße ist über mir, doch bin ich nicht sicher, ob sie es ist – überall ist Nebel aus Licht. Nebel, der aus endlosen Mengen von Sternen entsteht. Heute fragte man mich, ob ich an die Sorgen denke, die es auf der Erde gibt; aber für diese Sorgen bin ich hier oben viel zu allein.

Wieder wird es Tag. Links über mir geht erneut die Erde auf. Der Streifen des Morgens ist rot und blau, dann wird er grün. Und überall die Sterne. Wie die Erde jetzt so aufgeht, ist sie wunderschön. Wäre ich hier oben zu Hause, ich ginge liebend gerne einmal zu ihr hinab.

Der zufällige Planet

In wenigen Stunden müssen wir zur Erde zurück. Das Shuttle dreht sich schon seit einiger Zeit in Kreisen um seine Achsen, damit die Sonne es gleichmäßig erwärmt. Seine Rückkehr in die irdische Welt wird ihm nicht leicht gemacht.

Unsere Energie ist das Besondere hier im All. Nicht die dreihundert Kilometer Höhe erscheinen als das Ungewöhnliche, sondern wie schnell auf der Erdkugel das Blau des Mittelmeeres unter mir wegzieht. Unsere Geschwindigkeit ist fünfundzwanzigmal schneller als der Schall.

Ich bin seit meiner außerirdischen Woche völlig von der Erde getrennt. Es kommt mir sogar in den Sinn, ganz von ihr zu gehen. So, wie ich jetzt in unserem Raumschiff an diesem Planeten vorbeiziehe, ist es nicht viel, was mich an ihm noch hält. Wie zum Spaß, vielleicht gehen wir nur um ihn herum, und wenn er uns gefiele,

nähmen wir ein wenig von unserem Tempo zurück, um näher an ihn zu rücken; vielleicht dann noch einmal herum, wenn er immer noch seinen Zauber hat. Wenn wir wollten, näherten wir uns ihm ein weiteres Stückchen, aber es bedürfte andererseits auch nur einer kleinen unwilligen Bewegung, und wir flögen in einem Bogen von ihm fort. Daß dieser Planet hier neben uns nicht mehr als ein Zufall ist, das glaube ich jetzt gewiß. Ob es anderswo noch weitere wie diesen gibt, zudem noch ebenso schön und zerbrechlich?
Nur ein kleiner Schubs mit meinem Finger würde genügen, selbst nachschauen zu gehen.

Ich brauche mich nirgends mehr festzuhalten. Ich schwebe leise, und wenn ich hinüberschaue, treiben auf diesem zufälligen Planeten wunderschöne weiße Wolken.

Augen, die auf der Erde sind

Das Shuttle ist auf dem Weg zurück. Das Ding verwandelt sich in ein Flugzeug – doch nicht ganz, denn noch ist es im Weltraum.
Es richtet sich auf unser kleines Eintrittsfenster ein. Wir wollen hinab zur Erde mit ihren Wolken und ihrem Meer. Noch einmal, ein letztes Mal, geht es um die Erde herum. Baja California – eine Küste und ein Land – die Erdenleute stehen jetzt dort und warten auf uns.
Noch sind wir über ihnen im All und können sie doch schon sehen.
Das Raumschiff nimmt die Nase hoch und taucht in die unsichtbare Hülle ein. Gleich geht es hinab, noch zwanzig Minuten bis zum „deorbit burn". Das reicht für unseren Abstieg. Zum ersten Mal freue ich mich auf meine Rückkehr. Es werden Augen dort unten sein, auf die ich zugehen kann. Ich kann sie von hier draußen sehen.
Es sind Augen, um derentwegen ich nicht draußen bleiben will.

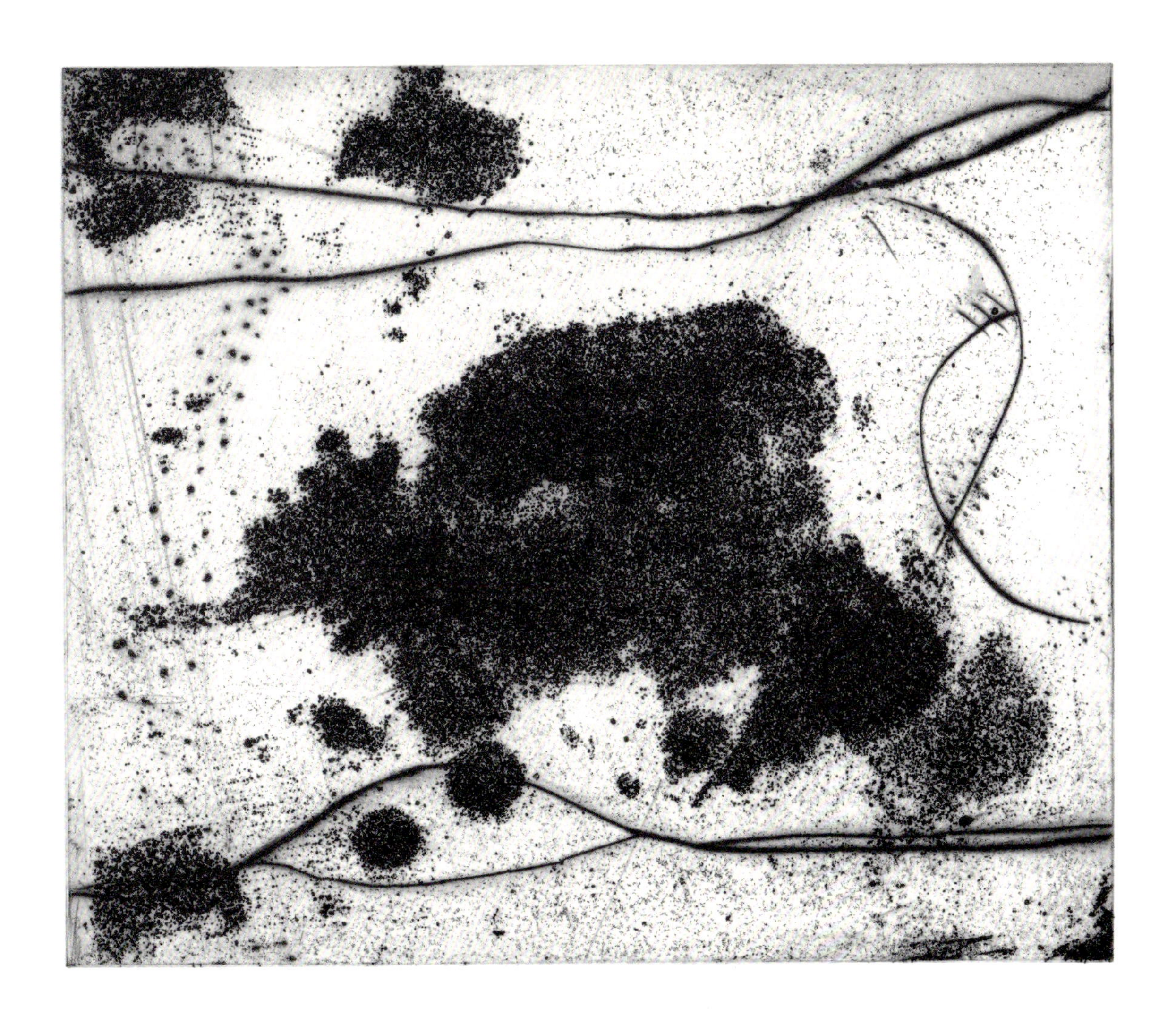

Brigitte Eckel

Weltraumfahrt als künstlerische Herausforderung

Die Geschichte dieses Buches begann während eines Vortrages von Reinhard Furrer über den bevorstehenden Weltraumflug: Seine große Neugierde auf die Möglichkeit einer enormen Sensibilisierung der Empfindungen im Weltall erweckte in mir den Wunsch, seine Ergebnisse malerisch umzusetzen. Er versprach, dem Thema nachzuspüren und mit Bleistift und Tonband festzuhalten, was ihm neben den zu erfüllenden Aufgaben im All begegnen würde – „jemand, der bis zu den oberen Teilen der Luft gelangte oder Flügel bekäme und hinaufflöge".

Das Erlebnis des Starts auf Cape Canaveral aus nächster Nähe bedeutete als überwältigende Demonstration gigantischer Kraft und Präzision – das Loslösen von der Erde – eine physische Einstimmung auf meine Arbeit.

Und auf der Zuschauertribüne ließ ich meinen zerlesenen „Platon" liegen.

Dann begann das lange, lange Warten auf die erhofften aber unvorhersehbaren Ergebnisse. Nach Ankunft und Durchsicht der ersten Niederschriften konnte ich wirklich mit meiner Arbeit beginnen – mich hineinfühlen in die Welt vor unserem Planeten. Die Entwicklung vom ersten bis zum letzten Bild zeigt, wie sich traditionelle Sehweise in informelles Erleben auflöst. Die Umsetzung meiner Empfindungen forderte meine ganze Kraft; jeder Schritt zeigte mir, wie weit mein Thema von allem entfernt ist, was bisher von Menschen erlebt und verarbeitet werden konnte.

Sehr viel forderte ich von Michael Schlemme, der meine Radierungen drucken sollte. Wir entwickelten eine neue Drucktechnik für diese Arbeiten und kamen so auch dabei an die Grenzen des Möglichen.

...und Platon sagt, das Klima sei dort so günstig, daß die Menschen frei von Krankheiten seien und weit länger lebten als hier...

Reinhard Furrer

Die Welt im Fall – Ergebnisse der Mission

Das Bild, das wir uns von unserer Welt machen, hilft uns heute schon recht weit. Inwieweit es tatsächlich der Natur entspricht, bleibt ungeklärt, jedoch beruht es auf vier fundamentalen Wechselwirkungen, deren Wirksamkeit uns bekannt ist: Die „starke" und die „schwache" Wechselwirkung herrschen im Kern von Atomen, die „elektromagnetische" Wechselwirkung bewirkt die Gesetzmäßigkeiten beim Bau von Atomen und Molekülen und erklärt den Zusammenhalt von Festkörpern, während die „Gravitationswechselwirkung" Ursache für die Eigenschaft von Massen ist, schwer zu sein.

Wenn wir auf der Erde experimentieren, sind alle Massen schwer, Massen werden von unserem Planeten angezogen, und die Anziehungskraft ist nicht abzuschalten, was wir auch tun. Im freien Fall dagegen sind Massen schwerelos, und im Weltall fallen Massen frei.

Im Weltall haben wir deshalb zum ersten Mal die Möglichkeit, experimentell nachzusehen, welche Auswirkungen die Schwerkraft auf der Erde auf unsere Natur hat.

Wo es kein „schwer“ mehr gibt, da gibt es auch kein „leicht“. Warme Flüssigkeiten und Gase steigen nicht mehr auf und kalte sinken nicht mehr ab. Die Konvektion, der effiziente Transport von Energie und Impuls fällt im Weltall weg. Heiße Metall- und Halbleiterschmelzen werden ruhig, unabhängig davon, welche Temperatur in ihnen herrscht. Wenn man solche „ruhigen Schmelzen“ abkühlt, wachsen aus ihnen Kristalle und Stoffe, die reiner und gleichmäßiger sind als alles, was wir auf der Erde herzustellen in der Lage sind.

In der Schwerelosigkeit können Legierungen aus Elementen gemacht werden, die sich auf der Erde entmischen würden, nur weil der eine Partner schwer und der andere leicht ist. Auch Flüssigkeiten lassen sich in der Schwerelosigkeit genauer studieren, weil sie keinen Behälter mehr brauchen, der sie zusammenhält und dabei die Ergebnisse verfälscht. Gläser und Eutektika entstehen, ebenfalls mit außerirdischer Qualität.

Das Erscheinungsbild des Menschen auf der Erde ist von der Schwerkraft geprägt, und auch seine Biologie weiß, ob er auf der Erde oder im Weltall ist. In der Schwerelosigkeit teilen sich Zellen verschieden schnell und verändern sich, auch mit anderer Geschwindigkeit, die DNA-Kopie einer Zelle gelingt schneller, weil die zaghaften Brücken zwischen Original und Kopie nicht ständig durch die Turbulenzen der Konvektion zerbrochen werden. Embryos entwickeln sich gesund, aber altern anders als bei uns. Die irdische Biologie ist von der Schwerkraft geprägt, die bei uns herrscht.

Der Mensch als Wesen dagegen paßt sich dem All wunderbar an. Sein Kreislaufsystem bleibt stabil, obwohl keine Schwerkraft mehr an seinem Blut zerrt und als Folge davon die Menge der Körperflüssigkeit um zwei Liter weniger wird, sein Gleichgewichtsorgan bleibt intakt, auch wenn die Otolithensteinchen im Innenohr nichts mehr wiegen, der Hormonhaushalt verändert sich, und dennoch funktioniert der Mensch perfekt.

Und weil es kein „oben" und kein „unten" mehr gibt, kann ein Raumfahrer „unten" da hintun wohin er will, seine Sinnesorgane nehmen veränderte Signale auf, und dennoch kommt er mit ihnen zurecht, sein Gehirn programmiert sich um oder tauscht zumindest die irdischen Parameter aus und sucht sich neue fürs All.

Weil sich auf der biologischen Ebene so sehr viel ändert, der Mensch als Ganzes dagegen fast alle Besonderheiten der Schwerelosigkeit ausreguliert, scheint es so, als sei der Mensch auch für das Weltall gemacht. Damit öffnen sich der Menschheit zuvor ungeahnte Dimensionen künftiger Raumfahrt.

Inhalt

Die Belser Presse – Meilensteine des Denkens und Forschens –
wurde von Hans Weitpert begründet

Neunter Druck

Die 6 abgebildeten Radierungen schuf Brigitte Eckel

Limitierte und numerierte einmalige Auflage von
1200 Exemplaren mit je einer signierten Originalradierung
von Brigitte Eckel

Dieses Exemplar hat die Nummer

V 72/200

Satz: Steffen Hahn, Kornwestheim
Druck: Franz W. Wesel, Baden-Baden
Binden: C. Fikentscher, Darmstadt
ISBN 3-7630-1410-1